LA MAGIE

DE

L'AMOUR.

PASTORALE

En un Acte & en Vers.

A LA HAYE,

Chez ANTOINE van DOLE,

MDCCXXXVII.

PREFACE.

IL faut peu de matière pour produire une Comédie dans l'imagination d'un Auteur. En faisant celle des *Amans Ignorans* pour le Théatre Italien, quelques mots que s'y disent Nina & Arlequin, me donnerent l'idée de celle-ci. La jeune Bergere, qui sent un amour qu'elle ne connoît pas encore, parle ainsi à son Amant.

NINA.

Mais, d'où vient que la bonne amiquié que j'avons l'un pour l'autre nous tourmente comme-çà par fois? çà me tracasse l'esprit.

ARLEQUIN.

Je ne sçais, glia-là queuque anguille sous roche.

NINA.

N'est-ce point qu'on auroit jetté sur nous

A 2   queu-

queuque fort ? Car on dit qu'il y a de méchans
Bergers qui font comme - çà de la forcel-
lerie.

A R L E Q U I N.

Ohimé! Tu me fais peur. De la forcel-
lerie ?

Je conçus dès-lors que ce feroit un caractère tout - à - fait théatral, que celui d'une
jeune Bergere amoureufe pour la prémiere
fois, affez fimple pour ignorer la nature de
fa paffion, & pour fe croire enchantée par
celui-même qui la lui auroit infpirée, pour-
vû que l'on pût bien fonder fon ignorance
en amour, & fa crédulité fur fon enchantement.

Mais comme il me paroiffoit difficile que
ces deux Pieces ne fe reffemblaffent pas un
peu, je differois toujours à travailler à celle-
ci, pour laiffer au moins oublier la prémiere. Enfin, après l'avoir long - tems
roulée dans mon efprit, & en avoir plufieurs fois repris & quitté le deffein, un
heureux hazard, lorfque j'y penfois le moins,
me la fit trouver toute faite dans un petit
ouvrage d'une Fille illuftre par plufieurs autres qui font aujourd'hui le plaifir le plus
délicat des perfonnes de goût.

Mais

Mais la beauté de ce même ouvrage me
fit d'abord abandonner mon projet. Je déf-
efpérai de pouvoir jamais rien faire qui fût
fupportable auprès de l'original , & je ne
l'ai repris qu'après y avoir été encouragé
par cette fçavante Demoifelle. Et pour
m'exciter auffi moi-même à y travailler, je
me fuis dit qu'une Hiftoriette racontée en pro-
fe fur le papier, ou mife en vers & en action
fur la Scene , étoient deux ouvrages tout
différens, & que l'on ne devoit point com-
parer.

Dans le prémier , où l'Auteur eft cenfé
parler lui-même, on s'attend à une diction
coulante , élégante & arrondie, comme l'eft
celle de mon modèle. Dans le fecond,
qui n'eft proprement ici qu'un dialogue entre des Bergers, on ne demande qu'un ftile
naturel, plus fimple & plus coupé, que je
n'ai pas cru fi fort au-deffus de mes forces.
D'ailleurs , la Fable déja toute inventée,
étoit un fecours pour mon génie affoibli ,
peut-être par l'âge, & devenu plus paref-
feux. J'ai efperé, de plus, que le fond des
penfées , quoiqu'exprimées avec moins de
graces, pourroit me foutenir. J'aime à rendre ici l'honneur du fuccès à qui il apartient.

Mais

Mais ce qui m'a sur-tout invité & déterminé à faire la Piece, c'est la convenance du caractère de Sophiette avec celui de l'aimable Demoiselle Gaussin, à qui j'en destinois le rôle. Je me suis flatté que les yeux & tous les traits de l'Actrice, si touchans, & d'une forme si parfaite, que la douceur & la modestie de son air, le plus propre qui fut jamais à exprimer l'innocence & l'ingénuité d'une jeune Bergere, que le son tendre & flatteur de sa voix, la netteté de sa prononciation ; enfin, que les graces de son action & de toute sa personne, pourroient suppléer à celles que je ne me sentois pas capable de mettre dans mon ouvrage.

Mais malgré tous ces avantages, une crainte secrete m'arretoit encore. Il m'a toujours semblé que la Pastorale convenoit mieux aux Théatres des Italiens & des Espagnols, qu'au notre. Ils y voyent avec plus de plaisir & de patience des copies de leur amour doucereux, romanesque, & qui marche avec une lenteur insupportable à la vivacité de notre Nation. Ce Poëme, qui tient le milieu entre la Comédie & la Tragédie, par cela même, devient presque insipide.

pide. Il n'a pour but que de plaire par des images agréables, ou tendrement touchantes, ce qui n'affecte pas assez l'esprit ni le cœur pour faire rire ou pleurer. Or, dans un spectacle, nous voulons etre excitez à l'un ou à l'autre.

Enfin, j'ai reconnu, à l'exécution de la Piece, que mon espérance & ma crainte, en la commençant, avoient été bien fondees. Sophilette a plû infiniment, & le Pastoral a paru trop long, quoiqu'il y ait des Actes en tout autre genre, qui sans ennuyer, durent du moins autant que celui-ci.

Les Comédiens ont donc été obligez d'en retrancher beaucoup, sans avoir égard à la conduite du sujet, ni à la liaison naturelle des Scenes; & ce qui va paroître un paradoxe, l'ont embellie en l'estropiant. Mais puisque le Public, malgré ses défauts, a bien voulu s'en contenter; j'en dois ici rendre graces à son extreme indulgence.

Je m'étois fait une religion de ne m'écarter du plan de l'original, qu'autant que j'y ferois forcé pour amener les évenemens à l'unité de tems & de lieu; & en cela j'a-

vois

vois eu raison, ce me semble. Ce plan avoit charmé tout Paris. La Tante y préparoit le dénoüement, ce que j'ai suivi dans cet Acte. L'amour de Sophilette éclate dans cette Scene à travers son ignorance, autant & plus qu'en aucune autre de la Piece, & c'est ce qui en fait tout le sel.

J'avois fait choix, pour ce rôle de Tante, d'une Actrice qui conserve encore des graces, d'une taille avantageuse, très-intelligente dans son Art, & dont la prononciation exacte, & par-là un peu lente, n'en convenoit que mieux à la gravité du personnage de Prêtresse qu'elle représentoit; cependant elle a déplû au Parterre. A quoi m'en prendre? Qu'à un des caprices dont lui - même auroit peine à se rendre raison, puisqu'il est encore tous les jours si content d'elle dans le rôle de Mere de la Piece du Talisman, qui ne differe point de celui de vieille Tante, & dans tant d'autres qu'elle exécute si parfaitement.

Je donne ici la Piece, à-peu-près comme elle a été joüée avec ses retranchemens, & n'y ai remis précisément que ce que j'y ai cru nécessaire pour en rendre la suite plus raisonnable. J'ai même pris la précaution d'ad'ajoûter des guillemets à quelques vers que l'on en retranche encore en la récitant.

Pour ôter un peu du fade de ce Poëme, j'avois fait d'abord Dorimene d'un cœur un peu plus dur qu'elle n'eſt ici, ce qui jettoit plus de pitié ſur l'aimable Sophilette, qui en fait innocemment ſa Confidente, & je puniſſois le mauvais caractère de ſa Rivale, en la mettant dans la ſituation cruelle d'être témoin du raccommodement des deux Amans: ſon déſeſpoir & ſes vaines menaces finiſſoient la Piece plus vivement; mais toute Actrice répugne à joüer un Perſonnage odieux, & il n'eſt pas toujours permis à un Auteur de rendre ſon ouvrage auſſi bon qu'il le pourroit faire.

J'ai mis ici, après la Piece, une autre manière dont je l'avois finie, que je crois meilleure. Le Spectateur y auroit vû de ſes propres yeux l'innocente Sophilette vengée, ce qui l'auroit renvoyé plus content, que ne fait le récit de ce qui ſe paſſe en ſon abſence.

A 5 *A P.*

APPROBATION.

J'AI lû par ordre de Monseigneur le Garde des Sceaux, la Comédie de *la Magie de l'Amour*, & j'ai cru qu'on pouvoit en permettre l'impression. A Paris le 20. Mai 1735.

MAUNOIR.

LA MAGIE

DE

L'AMOUR.

PASTORALE.

ACTEURS.

SOPHILETTE, *Bergere.*

DORIMENE, *Bergere, rivale de Sophilette.*

DORIS, *Bergere, cousine de Dorimene.*

LHIDIME'S, *Berger, Amant de Sophilette.*

La Scene est en Thessalie, dans un Bosquet consacré à Diane, dont on voit un Temple dans le lointain, par-delà le Hameau où demeure Sophilette. Son Pere & sa Mere, à la tête des Habitans de cet Hameau, forment la Fête, qui finit la Piece.

LA MAGIE

D

L'AMOUR.

PASTORALE.

SCENE PREMIERE.

DORIMENE. DORIS.

DORIMENE.

Aha! Que fais-tu donc si matin dans ce bois?

DORIS.

Je m'y promene, tu le vois.
J'y viens respirer l'air , faire un peu
    d'exercice.
Je laisse reposer aujourd'hui mon troupeau.
Je suis seule chez nous, mon Pere est à Larisse * ;
Si bien que m'ennuyant, il m'a pris un caprice,
    D'aller chasser à ton hameau,

                     Où

* Capitale de la Thessalie.

Où l'on apprend toujours quelque incident nouveau.
Au notre, à quoi veux tu que je me divertisse?

DORIMENE.

Je te vois donc à présent le loisir,
Si tu m'aimois un peu, de me rendre un service.

DORIS.

Parle, je m'en fais un plaisir.

DORIMENE.

Doris, mon aimable Parente,
J'implore aujourd'hui ton secours.
Il s'agit d'affaire importante,
Il y va, je le sens, du repos de mes jours.

DORIS.

Hélas! ma chere Dorimene,
Je devine déja ta peine;
Tes soins les plus pressans sont ceux de tes amours;
C'est ce qui t'occupe toujours.

DORIMENE.

Tu l'as dit. Sophilette, une jeune innocente,
D'un triste & froid tempérament,
Qui croit l'amour un vain nom seulement,
Qui jamais n'y marqua de pente,
En ignore tout sentiment,
Malgré son humeur indolente
Est prête a m'enlever Lhidimes mon Amant.

DORIS.

Hoho! l'affaire est grave & tout-à-fait piquante.
Mais, Cousine, tu me surprens,
Quand tu dis ta Rivale en amour ignorante.
Quel âge a-t-elle donc?

DORIMENE.

Elle a tantôt seize ans.

DORIS.

C'est pourtant-là d'aimer le veritable tems.

Igno-

Ignorante à seize ans ? Cela ne se peut croire.

DORIMENE.

Cependant la chose est ainsi,
Et tu la comprendras apprenant son histoire.
Ecoute, en deux mots la voici.
Hermiphile, autrefois célèbre Enchanteresse,
Conçût dès le berceau pour elle une tendresse
Qui déplut fort à ses parens;
Mais voulant s'en rendre maitresse,
Elle leur proposa d'élever sa jeunesse,
Et l'obtint de ces bonnes gens.
Hermiphile par sa Magie
Faisant trembler toute la Thessalie,
A ce qu'elle voulut il fallut consentir.
Elle fit donc porter la jeune Sophilette
Dans sa noire & triste retraite,
Et sans elle, jamais ne l'en laissa sortir.
Or tu n'as pas de peine à croire
Que dans le terrible séjour
D'un Magique laboratoire,
On parle beaucoup moins d'amour,
Que de matières de grimoire.

DORIS.

Il est vrai, les lutins ne sont pas fort galans.

DORIMENE.

Une Tante, Prêtresse au Temple de Diane,
Ne la tira qu'à l'âge de dix ans
De cette retraite profane.
Et depuis, dans ce Temple elle resta toujours.
Chez Diane, di-moi, connoit-on les amours?
Elle n'est de retour au hameau de son Pere,
Que depuis un mois à-peu-près.
Et ce fut vers ce tems qu'une importante affaire
Attira dans ces lieux le charmant Lhidimes.

DORIS.

DORIS.

Je comprens à préfent qu'Hermiphile & la Tante
Auront pû la laiffer en amour ignorante;
Mais au hameau, depuis, elle a vû des Amans.
La curiofité toute feule intéreffe
A connoître le but de leurs empreffemens;
Et l'exemple réveille en nous les fentimens.

DORIMENE.

Froide, incapable de tendreffe,
Elle n'a dans l'efprit que les enchantemens
    Dont autrefois fon affreufe maitreffe,
    Divertiffoit fa prémiere jeuneffe.
Sa mémoire a toujours ces objets fi préfens,
Que tout ce qu'elle voit de nouveau dans la vie,
    Elle le croit effet de la Magie,
Et la peur auffi-tôt s'empare de fes fens.

DORIS.

Hé bien donc, puifqu'elle eft fi fimple & fi fauvage,
Tu t'allarmes trop promptement.

DORIMENE.

N'a-t-elle pas un cœur? Une fille à fon âge
    Auprès d'un jeune & tendre Amant,
    Peut à la fin en connoître l'ufage.
La fcience d'aimer fans tant d'efprit s'apprend;
    Il parle, ce cœur, on l'entend.
Elle eft fimple, il eft vrai, mais elle eft jeune & belle.
    Thidimès m'en paroît charmé.
    J'ignore s'il en eft aimé,
Et veux m'entretenir fur ce point avec elle.
    Elle me fuit depuis un tems;
    C'eft peut-être par jaloufie.
    Si je la joins quelques inftans,
    J'en ferai bientôt éclaircie.
    J'ai conduit exprès mon troupeau

Dans

Dans la plus prochaine prairie,
Pour l'épier au fortir du hameau.
Prens en quelque foin je te prie;
Tu le peux, puifque rien ne t'occupe en ce jour.
Pour une jaloufe Bergere,
Ah! Doris, c'eft trop d'une affaire
Que fes moutons & fon amour.

DORIS.

Sur tes moutons que rien ne t'embaraffe
Je pourrai tout le jour les garder en ta place;
Mais croi-moi, ton amour devroit moins t'occuper.
Tu le prens trop à cœur, il t'échauffe la bile,
Et par le moindre efpoir tu te laiffes tromper.
Le foin de ton troupeau te feroit plus utile.
Si Lhidimes eft pris, crois-tu le rattraper?
Cela me paroit difficile.

DORIMENE.

Coufine, je fuis trop habile
Pour qu'un cœur puiffe m'échaper.
,, Comment? Dans l'art d'aimer une jeune novice,
,, Qui n'en a pas encor les prémiers élemens,
,, M'oferoit difputer un cœur où je prétens?
,, Non, ne croi pas qu'elle me le raviffe.
Je l'apperçois qui prend fa route vers ces lieux.
En m'y voyant je crains qu'elle ne s'en éloigne,
Il faut abfolument qu'aujourd'hui je la joigne.
Va, pars. Pour l'obferver & la furprendre mieux,
Je veux quelques momens me cacher à fes yeux.

B　　　　　SCE

SCENE II.

SOPHILETTE, DORIMENE (*cachée.*)

SOPHILETTE.

O! ma Déeffe tutélaire,
Diane, tirez-moi de la peine ou je fuis.
Je crains que ma Raifon a la fin ne s'altere.
    Sans dormir je paffe les nuits;
Et le Soleil en vain à fon retour m'éclaire,
Le plus beau jour ne peut diffiper mes ennuis.
Hélas! pour en guérir je fais ce que je puis.
    Dès le matin je quitte ma cabane,
Et je viens dans ce bois qui vous eft confacré,
    Vous implorer, favorable Diane,
Contre un chagrin mortel où le fort me condamne,
Dont le principe encor de moi-même ignoré
Me fait rougir du trouble ou mon cœur eft livré.
    Eclairez-moi fur ce qui l'a fait naître.
Eft-ce une maladie? Eft-ce un enchantement?
    Ah! fi par vous je pouvois le connoitre,
    J'y trouverois du remede peut-être;
Ou je le fouffrirois, du moins, plus conftamment.
    (Ici, Dorimene s'avance. Sophilette furprife veut
      s'éloigner & fait une exclamation.)
Ah!

DORIMENE.
    Quoi, vous m'évitez? Vous, ma plus tendre amie?
Quel fujet avez-vous de vous plaindre de moi?
    Depuis un tems je m'apperçoi
    Que vous fuyez ma compagnie,
              SOPHI-

SOPHILETTE.

Je vais vous l'avoüer, je suis de bonne foi,
  Oui, je vous fuis, & je ne sçais pourquoi.
    Pardonnez-le moi je vous prie.
Tout le monde a présent m'embarasse & m'ennuye.
    Lhidimes, dès que je le voi,
    Redouble ma mélancolie.
Je suis dans un état qui me fait de l'effroi.

DORIMENE.

  O Ciel! quelle bizarrerie!
Quoi! même Lhidimes, si bien fait & si beau?
  Eh depuis quand vous tient la maladie?

SOPHILETTE.

Depuis qu'il est dans le hameau.

DORIMENE.

Expliquez-moi de grace un chagrin si nouveau.

SOPHILETTE.

  Quoique le voir soit ma plus forte envie,
Ma peine en le voyant n'est pourtant pas finie.

DORIMENE.

Mais votre cœur alors devroit être content.

SOPHILETTE.

Il est vrai; cependant il ne l'est pas encore.
Un desir inconnu me presse, me devore,
    Et je ne souffre jamais tant.
    Je le vois, même en son absence.
    Quand j'entens son nom seulement,
    Je sens que ma peine commence
    Par un secret tressaillement.
  Dès qu'il paroit, je suis toute interdite.
    Mon corps frémit, mon cœur palpite.
    Il me prend un frissonnement.
Tant qu'il est près de moi la fiévre continuë.
Qu'il touche par hazard ma main quand je l'ai nuë,

Tout auffi-tôt redoublement.
Je fuis troublée au point, que mon ame éperduë
Prend tout ce qu'elle fent pour un enchantement.

                D O R I M E N E.
  Mais, écoutez, cela pourroit bien être.
  Si vous voulez fûrement le connoître,
      Répondez-moi fincerement.
    Dormez vous d'un fommeil tranquile?

              S O P H I L E T T E.
  Hélas! je ne dors prefque plus;
  Ou quand je dors, mille fonges confus
    De Lhidimes ou d'Hermiphile,
  Dans mon efprit à fe troubler facile,
De peine & de plaifir font un flux & réflux.
    Voici d'abord quelle eft ma peine.
    Mon Enchantereffe inhumaine
En fonge me fait voir mes moutons expirans.
Mes agneaux emportez par des loups dévorans.
,, Nos ceps fur les côteaux, ou nos bleds dans la plaine
,, Renverfez, arrachez, par la fureur des vents.
,, Nos jardins deffechez par leur brûlante haleine.
  Je vois enfin, pour comble de ma peine
Un maléfice affreux confumer mes parens.

                D O R I M E N E.
  Quittez vos fonges effroyables,
  Vous me feriez mourir de peur.

              S O P H I L E T T E.
  Ceux là font rares, par bonheur,
  J'en ai plus fouvent d'agréables.
    ,, Comme fouvent ici je voi
  ,, Nos folâtres Bergers pour amufer nos belles
      ,, Leur conter mille bagatelles;
  ,, Quelquefois Lhidimes en fonge aupres de moi
  ,, Me paroît imiter ce qu'ils font aupres d'elles.
                                          Dans

Dans mon profond sommeil, au milieu du repos
   Je croi l'entendre qui soupire ;
Et me serrant les mains, qui me dit certains mots
   Qui me paroissent tout nouveaux :
   Ils sont plaisans sans faire rire.

DORIMENE.

   Ils ne font rire que le cœur,

(à part.)

J'entens. Ces mots plaisans me présagent malheur.
Encor ? Quels sont ces mots ?

SOPHILETTE.

             Mais il dit qu'à mes charmes
   On doit d'abord rendre les armes,
   Qu'ils ravissent par leur douceur.
   Et puis, il dit que ma tiédeur
   Lui cause en secret des allarmes.
Que sçai-je moi ? Tantôt il parle de langueur,
De tendres sentimens, de transports, ou d'ardeur,
   Qu'il dit que ma présence inspire.
Franchement, de ces mots je sçai peu la valeur.

DORIMENE.

Ah ! que j'y trouve de fadeur !

SOPHILETTE.

Ils font en moi pourtant un effet que j'admire.
   Leur son me paroit si flatteur
Que pour les mieux entendre à peine je respire.
Ils me mettent l'esprit dans un certain état,
Dont j'aurois du regret que le réveil l'ôtât,
   Tant je me plais à les entendre dire.

DORIMENE.

Ils vous mettent l'esprit en feu,
Et voilà ce qui fait que vous dormez si peu.
Et vous ne respirez, me dites-vous, qu'à peine
   Quand vous écoutez ses discours ?

SOPHILETTE.

Oui, mes soupirs tremblans sont de plus longue haleine,
Comme si ce qu'il dit en retardoit le cours.

DORIMENE.

Hom, cela me fait peur.

SOPHILETTE.

Pourquoi donc, Dorimene?

DORIMENE.

Je n'ose là dessus dire mon sentiment,
Car cela sent beaucoup l'enchantement.

SOPHILETTE.

Ah ! je m'en suis toujours doutée,
Et de plus en plus je le crains.

DORIMENE.

Ma pauvre Sophilette, hélas ! que je vous plains!

SOPHILETTE.

Vous me croyez donc enchantée?

DORIMENE.

Je croi du moins en voir des indices certains.

SOPHILETTE.

Lhidimès Enchanteur ! Ciel! qui l'auroit pû croire?
Je n'ose presque le penser.
Je crains encor de l'offenser.
Avec un air si doux a-t-on l'ame si noire ?

DORIMENE.

A cet air prévenant, insinuant, flatteur
Reconnoissez un Enchanteur.
Vous ignorez encore avec quel art les hommes
Sçavent nous déguiser leurs criminels penchans.
Sur-tout, s'il en est de méchans.
C'est dans le Païs où nous sommes.

SOPHILETTE.

Comment donc éviter de si mauvaises gens ?

DO-

DORIMENE.

Comme fit autrefois votre Tante Candide.
Son exemple eſt le meilleur guide
Pour parer tous les accidens.
Du Temple de Diane elle fit ſon azile.
Allez de votre cœur y récouvrer la paix.
Il vous a garanti des piéges d'Hermiphile,
Il peut le faire encor de ceux de Lhidimès.

SOPHILETTE.

Pardon, ma chere Dorimene,
Si j'ai marqué pour vous un peu moins d'amitié.
Je reconnois que je vous fais pitié.
Votre avis charitable a ſoulagé ma peine.
Je la ſens moins de la moitié.
Oui j'en croirai votre ſageſſe,
Je conſacre aujourd'hui mes jours à la Déeſſe.
Ce n'eſt que ſous ſes loix qu'on a de vrais plaiſirs,
J'ai ſenti de tout tems une pente ſecrete
A vivre dans cette retraite,
Et je ſuis réſoluë à ſuivre mes deſirs.

DORIMENE.

Gardez-vous que Candide ait la moindre penſée
Qu'à prendre ce parti votre ame ſoit forcée,
Et ne parlez jamais de votre enchantement.

SOPHILETTE.

C'eſt bien auſſi mon ſentiment.

DORIMENE.

Sur-tout cachez bien votre peine
A ceux dont vous tenez le jour ;
Pour Lhidimès ils auroient une haine
Dont il ſe vengeroit par quelque mauvais tour.

SOPHILETTE.

C'eſt ce que j'ai le plus à craindre ;
Mais je ſçai garder un ſecret.
Jamais de Lhidimès ils ne m'entendront plaindre.

B 4   Adieu.

Adieu. Je cours au Temple & vous quitte à regret.
Ne m'abandonnez pas ma bonne & chere amie.
   Ce Temple n'eſt pas loin d'ici.
Venez-y quelquefois me tenir compagnie.
   Que par vous je fois éclaircie
De ce que penſera ſur ce changement ci
Le méchant Lhidimes.

      D O R I M E N E.
         Ah ! grands Dieux, le voici.
Fuyons, il vous cherche ſans doute,
Je voi qu'il prend vers nous ſa route.

      S O P H I L E T T E.
   O Ciel ! quel eſt mon embaras ?
La frayeur me ſaiſit, je ne puis faire un pas.
Cachons-nous, & ſouffrez que de loin je l'écoute.

      D O R I M E N E.
Ecoutons, ſoit ; mais n'en approchez pas.

SCENE III.

LHIDIME'S. (Les Bergeres cachées.)

L H I D I M E' S (entre en rêvant.)

JE rêve à mon bonheur, il me paroit un ſonge,
   Fſt il des plaiſirs plus parfaits
Que les réflexions ou mon eſprit ſe plonge ?
Le cœur de Sophilette a ceſſé d'être en paix,
Ton Art a réuſſi, triomphe Lhidimes !
Mes ſoins pour la charmer n'ont pas été frivoles.
   J'ai dit près d'elle des paroles
   Qui produiſent de bons effets,

A

A me voir elle est empressée.
En me voyant elle est embarassée,
Elle parle en tremblant, elle a les yeux distraits.
Une vive rougeur au visage lui monte.
Qu'avec plaisir j'y remarque sa honte !
D'un charme tout-puissant elle ressent les traits.
Ton Art a réussi, triomphe Lhidimès !
Quoique son embarras soit déja manifeste,
J'espere voir encor son cœur plus agité.
Que bien-tôt de sa liberté
Elle perde ce qui lui reste.
De cet heureux succes me serois-je flatté !
Mais il est tems de joüir de ma gloire.
Allons la chercher en tous lieux,
Et goûtons le plaisir de lire dans ses yeux
Et sa défaite, & ma victoire.

SCENE IV.

SOPHILETTE *sortant du bois.* **LHIDIMÈS.**

SOPHILETTE.

ARrête. Ecoute moi, funeste Lhidimès.
Appren ici que je te hais.
Que tes paroles seront vaines
Pour l'effet que tu t'en promets.
Cesse de triompher des maux que tu me fais.
Diane a pitié de mes peines.
Je t'en connois l'Auteur, mes vœux sont satisfaits.
Mais quand tu sçais qu'ici la Déesse préside,
De quel front oses-tu, perfide !

B 5

Y

Y déclarer si haut tes criminels projets?
Crain que du Talisman de la sage Candide
　　Tu ne ressentes les effets ;
Il détruira ton art, & mon cœur est en paix.

L H I D I M E' S.

　　Quel crime, ô Ciel! Injuste Sophilette
　　　A pû m'attirer ce courroux?
　　　Est-ce l'ardeur la plus parfaite
　　　Dont on puisse brûler pour vous?
Declarez moi du moins la faute que j'ai faite,
　　　Je vous le demande à genoux.

S O P H I L E T T E.

　　　Qui? moi? Que je te la déclare?
Oses-tu bien encor feindre de l'ignorer?
　　Quand toi-même en ce lieu, barbare,
Sur tes mauvais desseins tu viens de m'éclairer?

L H I D I M E S.

　　　Quoi! serez-vous inéxorable?
　　　Par pitié, daignez m'éclaircir
Le sens de ce discours, il est impénétrable;
　　　Vous plaisez-vous a l'obscurcir?
Si quelqu'un pres de vous a voulu me noircir,
Dites moi clairement de quoi je suis coupable.
　　　Que du moins il me soit permis,
Quand on m'accuse à tort, de pouvoir me défendre.
　　　On me croiroit a vous entendre
　　　Le plus grand de vos ennemis.
　　　Moi, de qui la plus chere envie
　　　Est de vous consacrer ma vie,
Je cause vos chagrins? Pouvez-vous le penser?
　　　Qu'elle me soit cent fois ravie
　　　Plutôt que de vous offenser.

S O P H I L E T T E, (à part d'abord.)

Dieux! Se peut-il encor que sa plainte me touche?

　　　　　　　　　　　　　　　　I I

Il ne fort pas un feul mot de fa bouche
Qui ne me porte un coup mortel
Je fens à chaque inftant que ma peine redouble.
Je fuis honteufe de mon trouble.

(à Lhidimès.)

Eloignez vous de moi, cruel,
Je vous défens à jamais ma préfence.

L H I D I M E' S.

O Ciel ! Apres cette défenfe
Pourrois-je encor conferver quelque efpoir ?
,, Ah ! finiffons ma vie infortunée.
,, Allons dans les flots du Penée
,, La délivrer du chagrin de me voir.

S O P H I L E T T E.

,, Arrêtez, Lhidimès, & perdez cette envie :
,, Quoique par vous j'effuye un trifte fort,
,, Si j'avois caufé votre mort ,
,, Je m'en repentirois le refte de ma vie.
,, Votre affreux défefpoir a calmé mon courroux.
,, Vivez, Berger, c'eft moi qui vous l'ordonne ;
,, Vivez, c'eft à ce prix que mon cœur vous pardonne
,, Les déplaifirs qu'il a reçû de vous.
,, Mais du moins rendez-moi le repos où j'afpire,
,, Adieu.   Que j'ai de peine encore à le lui dire !

L H I D I M E' S.

,, Non, je fuivrai par-tout vos pas.
,, Vous me fuyez en vain , cruelle.

(Les Comediens ont retranché toute cette fcene, je remets ici
ce qui m'a paru néceffaire à la conduite de la Piece.)

S C E-

SCENE V.

DORIMENE, (*sortant du Bois avec précipitation.*) LHIDIMES.

DORIMENE.

LHidimès, ne l'arrêtez pas,
Je sçai tout, & je vais vous l'expliquer mieux qu'elle.

LHIDIMES.
Tirez-moi donc du désespoir,
Instruisez moi, ma chere Dorimene.
Qu'ai-je fait ? Qu'ai je dit ? Qui m'attire sa haine ?

DORIMENE.
En deux mots, vous l'allez sçavoir ;
Elle aime Candide sa Tante,
Et croit que pour vivre contente,
Elle doit l'imiter dans tout ce qu'elle fait.
Elle veut donc a son exemple
Se consacrer au même Temple.
Ce fut-la de tout tems son plus ardent souhait.

LHIDIMES.
Quoi s'enterrer vivante ? Ah ! grands Dieux, quel dommage !

DORIMENE.
C'est ce que craignent ses parens,
Dont les desirs du sien tres différens,
Sont de lui procurer un heureux mariage,
Et depuis quelque tems lui parlent d'un Epoux,
Sans lui nommer pourtant celui qu'on lui destine.
Voila de son chagrin la prémiere origine.

Elle

Elle apprend ici que c'eſt vous
Qui voulez la priver d'un ſort qu'elle croit doux.
Vous venez aſſez haut d'y declarer vous-même.
   Que vous l'aimez ; bien plus, qu'elle vous aime.
Doutez vous que ſon cœur ne ſoit très irrité
Du deſſein d'un Amant ſi plein de vanité ?

               L H I D I M E S.
Enyvré du bonheur où mon ame ſe noye,
Je viens ſeul en ce bois pour m'en entretenir.
   L'amour heureux peut-il ſe contenir ?
      Mon cœur en ſecret s'y déploye.
Je conte mes plaiſirs aux arbres des Forêts.
      Ces confidens ſourds & muets,
      Iront-ils divulguer ma joye ?
Et pour me ſoulager du poids de mes ſecrets,
      Puis-je en choiſir de plus diſcrets.
Je me croyois aimé, ſelon toute apparence
J'avois, du moins, de l'être un jour quelque eſpérance.

               D O R I M E N E.
   Ce faux eſpoir vous a trahi,
   Guériſſez-vous de votre erreur extrême;
      Loin que Sophilette vous aime,
Mon pauvre Lhidimès, vous en êtes haï,
Mais je dis très haï, je le répete encore.

               L H I D I M E S.
   J'en ſuis haï, parce que je l'adore ?
Quelle injuſtice, ô Ciel !

               D O R I M E N E.
               Eſt ce un ſi grand malheur ?
   Mérite-t-elle votre ardeur ?
   Que feriez-vous d'une innocente ?

               L H I D I M E S.
Elle n'eſt que timide, effet de ſa pudeur,
   Et c'eſt par-là qu'elle m'enchante.

                              Oui,

Oui, sa simplicité, sa bonté, sa douceur,
   M'étoient garans de mon bonheur.
Je croyois voir en elle une flamme naiſſante;
Qu'il eſt doux de jouir des prémices d'un cœur!
Son ame neuve encore, exempte de malice,
Des Bergeres du tems ignore l'artifice.
Du côté de l'eſprit, il ne lui manque rien,
Je l'ai bien reconnu dans plus d'un entretien.
   Quel tréſor que cette innocence!
   Et quelle heureuſe convénance,
Pour former entre nous le plus parfait lien!
Je lui donnois un cœur auſſi neuf que le ſien.
Mais quel eſt donc cet Art qu'elle m'impute à crime,
Qui la fait s'emporter par des éclats ſi grands?

       DORIMENE.
L'Art de ſéduire ſes Parens,
D'attirer trop bien leur eſtime.

       LHIDIMES.
Me puniſſent les Dieux, ſi juſques à ce jour.
   Je leur ai dit un mot de mon amour.
Je voulois par mes ſoins mériter de lui plaire
   Avant d'en parler à ſon Pere.
   Il n'apartient qu'à des Tyrans
De contraindre le cœur d'une jeune Bergere
   Par le pouvoir de ſes Parens.
   Il faut que je me juſtifie
   D'en avoir jamais eu l'envie.
Allons pour m'oppoſer à ſon cruel deſſein.
Embraſſer les genoux de Candide ſa Tante;
   Ou ſi je vei qu'elle y conſente,
   A ſes yeux me percer le ſein.

       DORIMENE. *(le regardant aller.)*
Bon, ils ont pris tous deux un différent chemin.

                   SCE-

SCENE VI.

DORIS, DORIMENE.

DORIMENE.

HA! te voilà, comment? serois-tu déja lasse
De garder mon troupeau?

DORIS.

Ho! ne me gronde pas;
Mon Amant, l'obligeant Lycas,
Étant dans la plaine à la chasse
S'est offert de garder tes moutons en ma place.
Moi profitant de son secours,
Je suis venue entendre en secret vos discours.

DORIMENE.

Tu sçais donc à présent le sort de Sophilette.

DORIS.

Oui, je viens d'écouter très attentivement
Par quel art tu t'en es défaite,
Pour t'emparer de son Amant,
Et j'en suis immobile encor d'étonnement.

DORIMENE.

Que vois-tu donc-là qui t'étonne?

DORIS.

Dorimene, tu n'es pas bonne,
Souffre mon petit sentiment.
A Lhidimes enlever sa Maîtresse,
C'est déja lui jouer un assez mauvais tour.
Sophilette, d'ailleurs, pourra connoître un jour
Quel est le doux trait qui la blesse.
Et quand tu lui fais prendre un parti sans retour,

Fij

En l'obligeant à devenir Prêtresse,
Ce trait va dans son cœur devenir un vautour,
Qui le déchirera sans cesse.

DORIMENE.

Ah! pardonne l'effet d'un violent amour.
Je sens toute mon injustice
Dans la peine que je lui fais;
Mais moi, si je perds Lhidimes,
Je sens aussi qu'il faut que je périsse.
Pour me plaire, autrefois, je crus lui voir des soins.
Cette favorable apparence
Fit naître en moi de l'espérance:
Je me flattai de l'engager du moins
Par ma longue persévérance;
L'amour par cet espoir augmenté dans mon cœur
Est presque devenu fureur.
C'est moi qui l'aimai la première.
Avant que Sophilette eut paru le toucher,
Il occupa mon ame toute entiere.
Puis-je à présent l'en arracher?
L'amour de ma Rivale encor dans sa naissance,
S'éteindra par la moindre absence.
Le Temple est à son goût un séjour si charmant.
Elle s'y plait presque dès son enfance.
Elle y peut oublier Lhidimes aisément.

DORIS.

Hom! Ce n'est pas ce que je pense;
Car un premier amour tient long-tems dans le cœur.

DORIMENE, (avec chaleur.)

Ne te prendroit-il point envie
De la tirer de son erreur?
Ecoute; il y va de ma vie.

DORIS.

Dorimene, tu me fais peur,

Ne

Ne nous broüillons point, je te prie.
Sophilette, dis-tu, se plaira toujours là?
Quant à moi, j'en serois ravie,
Soit; mais par malheur la voila.

DORIMENE.

Ha ha! que veut dire cela?

SCENE VII.

SOPHILETTE, DORIMENE, DORIS.

SOPHILETTE.

HElas! ma chere Dorimene,
Vous me voyez au dernier désespoir.

DORIMENE.

Pourquoi, ma chere enfant? quel malheur vous ramene?

SOPHILETTE.

Ah! vous l'allez trop tôt sçavoir.
Plus d'azile pour moi, plus d'appui, plus de Tante.
Je viens d'apprendre au sortir de ce bois,
Que déja depuis plus d'un mois
De son Temple elle étoit absente.

DORIMENE.

Le sçavez-vous de bonne part?

SOPHILETTE.

Jugez-en. Je le sçai d'un homme à son service,
Qui dans un char l'a conduite à Larisse.

DORIMENE.

Quel important besoin a causé son départ?

SOPHILETTE.

La jeune Princesse Eriphile

C.   En-

Enchantée auſſi fort que moi,
Au Taliſman de ma Tante ayant foi,
L'a fait venir de ſon Temple à la Ville.
Le ſort qu'avoit jetté ſur elle un Enchanteur,
Etoit d'une terrible eſpece.
Un deſir de l'hymen qui conſumoit ſon cœur,
Et qu'elle cachoit par pudeur,
Faiſoit languir cette Princeſſe.
Ce mal, que ſes Parens avoient ignoré tous,
Elle l'a découvert en ſecret à ma Tante,
Qui de ſon Taliſman, en conſultant ſon pouls,
Touchant la pauvre languiſſante,
Et lui faiſant donner par le Prince un Epoux,
A fait ceſſer le charme qui l'enchante.

DORIMENE.

Il n'eſt donc plus beſoin qu'elle reſte à la Cour,
Elle en va revenir.

SOPHILETTE.

Juſques à ſon retour,
Dans mon deſſein toujours conſtante,
J'allois au Temple me cacher.
L'Enchanteur n'oſera, diſois-je, en approcher;
Mais en voyant de loin cette ſainte retraite,
Une crainte, une horreur ſecrete,
A renverſé tout d'un coup ma raiſon.
Mon perfide Enchanteur, par ſon Art déteſtable,
M'a rendu ce lieu formidable,
J'ai cru m'aller mettre en priſon.

DORIMENE.

Ah! Ciel, quel charme épouvantable !

SOPHILETTE.

De mes plaiſirs paſſez le ſouvenir charmant. . . . . .

DORIMENE.

Ho! je m'en doute bien, voilà l'enchantement.

SOPHI.

SOPHILETTE.

Quoi j'abandonnerois mes compagnes fidelles?
Et je pourrois quitter ces plaifirs raviffans,
    Ces danfes, ces jeux innocens,
    Où je me mélois avec elles?
Que de momens heureux j'ai paffé dans ce bois
Où je vis Lhidimès pour la prémiere fois!

DORIMENE.

Ceffez de regretter cette joye infipide.
    Ah! que Diane fous fes loix
Vous feroit bien goûter un plaifir plus folide
    Près de votre chere Candide!

SOPHILETTE.

Mais jufqu'à fon retour, expofée au pouvoir
    Du perfécuteur qui m'enchante,
Il me fera périr pendant qu'elle eft abfente.

DORIMENE.

Vous péririez fans doute, en voulant le revoir;
    Mais vous n'avez qu'à ne le pas vouloir.

SOPHILETTE.

A ne le pas vouloir? & c'eft ce qui m'afflige,
    Je le veux toujours malgré moi.

DORIMENE.

    Ah! le cruel! fuyez, je l'apperçoi.

SOPHILETTE.

Fuir Lhidimès! hélas! le puis-je,
Quand à demeurer il m'oblige?

DORIMENE.

Hé! de grace, Doris, emmene-la chez toi.

SCENE VIII.

LHIDIME'S, DORIMENE.

LHIDIME'S, (avec ardeur.)

SOphilette eft ici, je l'y fçai revenuë.
Avec vous en ce lieu, mes yeux l'ont apperçuë.
Un Amant reconnoit fa Maitreffe de loin.
Ne me la cachez point, cruelle Dorimene.

DORIMENE.
Mon pauvre Lhidimes, qu'a fuivre une inhumaine
    Vous perdez de pas & de foin !
Vous voyant d'auffi loin, elle s'eft mife en fuite,
    Et jamais ne courut fi fort,
    Tant elle craignoit votre abord.
He! croyez-moi, ceffez une vaine pourfuite,
Et laiffez à jamais l'ingrate dans fon tort.

LHIDIME'S.
Non, non; pour m'arrêter je connois votre adreffe.
    Les momens me font précieux.
Elle eft dans ce canton, j'en dois croire mes yeux.

DORIMENE.
    Votre défiance me bleffe.
Vous avez très grand tort de foupçonner ma foi.
    Eh! qui dans ces lieux plus que moi
    A votre répos s'intéreffe ?
Je vais vous l'enfeigner, croyez-en ma promeffe,
Je veux vous épargner un embaras nouveau.

LHIDIME'S.
Cherchons-la chez Doris, fans doute elle y doit être;
                                                    Car

Car de loin avec vous j'ai cru la reconnoître.

DORIMENE.

Non, vous dis-je, elle a pris le chemin du hameau.

LHIDIMES.

Vous me trompez, la chose est claire.
Du Temple j'ai couru la chercher chez son Pere,
J'en reviens, je l'aurois rencontrée en chemin.

DORIMENE.

Quand je dis du hameau vous parlai-je du nôtre?
Non, elle a couru dans un autre
Qui de ce bois est plus voisin.
Dans un instant je vous y mene.
Mais du moins réprenez haleine,
Et raisonnons entre nous un moment.
Ça Lhidimès, il faut vous parler franchement :
Voulez vous vous tirer des fers d'une inhumaine
Qui vous méprise, qui vous hait;
Il n'est pour cela qu'un secret,
C'est de former une autre chaine,
Et de fuïr à jamais un si farouche objet.
Je sçais une jeune Bergere,
En qui, quand on n'est pas comme vous entêté,
On peut trouver presque autant de beauté
Qu'en celle qui vous désespere.
Peut-être plus d'esprit, plus de vivacité;
Ce qui vaut seul en vérité
Que votre cœur la lui préfere.
Je vous parle en vain. Lhidimès,
Ou mes conseils vous déplaisent sans doute.

LHIDIMES (negligemment.)

Pardonnez-moi, je les écoute.

DORIMENE.

Répondez donc à mes souhaits,
Demandez-moi du moins quelle est cette Bergere

C 3   Qui

Qui mériteroit de vous plaire ;
Faites un peu d'effort pour vous l'imaginer.
He quoi ? De cet effort votre ame est allarmée ?
  Que la mienne seroit charmée
  Si vous vouliez la deviner !
  Mais non, votre bouche est muette.
  Que ce silence est inhumain !

LHIDIMES.

Allons où vous devez me montrer Sophilette,
Je pourrai deviner la Bergere en chemin.

DORIMENE.

  Votre impatience est cruelle.
Vous ne cherchez qu'à fuïr qui peut vous soulager,
  Dans un moment je vous rends auprès d'elle.
  Encore un mot, écoutez-moi Berger :
  Sans esprit on n'est jamais belle.
  Lui seul donne de la beauté,
  Et dans un cœur entretient ou rappelle
  L'amour qui s'en est écarté.
Or, votre Sophilette, entre nous, en a-t elle ?
Il en faut Lhidimès, sans quoi l'amour languit,
  Et souvent s'éteint dans une ame.
Quand entre deux Amans son feu se réfroidit
Qu'un aimable entretien réveille bien leur flame !
Avec une innocente, on s'est bien-tôt tout dit.
  Encore un coup, vous ne m'écoutez guere.

LHIDIMES.

C'est que je devinois tout bas votre Bergere,
  Vous entendant parler d'esprit ;
  Car elle en a beaucoup sans contredit,
Et tant, qu'avec bien moins on peut encor me plaire.
Je lui sçai comme à vous, de plus, de tres beaux yeux.
Un air souvent tres vif, mais toujours gracieux.
Un port noble & léger, une taille parfaite ;

                                        Enfin

Enfin pour plaire elle a tout ce que je fouhaite.
Je ne puis m'empêcher déja de l'eftimer.
Qu'elle me faffe voir au plutôt Sophilette,
    Me voilà tout prêt a l'aimer.

DORIMENE.

J'entens-là quelques mots dont je fuis fatisfaite.
Pourfuivez, vous devinez bien.

LHIDIMES.

Oui, mais partons, fi-non, je ne devine rien.

SCENE IX.

SOPHILETTE (*feule, portant fes regards de tous côtez avec inquiétude.*)

DOrimene & lui, ce me femble,
    En ce lieu même étoient enfemble.
(*Hauffant fa voix.*)
Lhidimès paroiffez. Il eft fourd à ma voix.
Du verger de Doris je me fuis échapée,
    Croyant le trouver dans ce bois;
    Mais mon efpérance eft trompée,
    Mes pas, mes cris font fuperflus.
    Il fuit, il ne me cherche plus.
J'efpérois par mes pleurs flechir ici fon ame,
Lui rappellant pour moi fa préimere amitié,
Et tombant à fes pieds, exciter fa pitié
    A calmer l'ardeur qui m'enflame.
Non, il n'a pas le cœur affez dur, affez noir,
Pour fe défendre encor contre mon défefpoir.

SCENE X.

DORIS (accourant.) SOPHILETTE.

DORIS.

JE vous cherche par tout ; qui peut donc, Sophilette,
Avoir caufé votre fuite fecrette ?
 Pourquoi de chez nous vous fauver ?
 Tenez-moi compte de mon zele,
Je vous apporte une grande nouvelle
Candide en ce moment chez nous vient d'arriver.

SOPHILETTE.

Quoi ! ma Tante chez vous?

DORIS.

     Votre Tante elle-même.

SOPHILETTE.

 Dois-je vous croire?

DORIS.

     Oui, s'il vous plait.
A vous tromper ai-je quelque intéret?

SOPHILETTE.

 Mais n'eft-ce point un ftratagème
Pour m'empêcher de chercher Lhidimes?

DORIS.

Vous en doutez encor? Pour vous en rendre fûre,
 Sophilette, je vous le jure
Par la divinité de l'augufte Pales.
He bien, m'en croyez-vous?

SOPHILETTE.

    Candide eft arrivée :
      C'en

C'en eſt fait, ſa Niéce eſt ſauvée
Je ne crains plus l'enchantement.
Ah ma chere Doris, courons, que je l'embraſſe.

DORIS.

Je cours depuis long-tems, permettez-moi de grace
De reprendre haleine un moment.

SOPHILETTE.

Mais Candide chez vous? dites-moi donc comment.

DORIS.

La Princeſſe guérie, au Temple on la renvoye.
Toute la Cour au comble de la joye,
L'a chargée à l'envi des plus riches préſens,
Qu'elle vient partager entre ſes bons Parens.
En arrivant, elle s'eſt informée
De l'état de votre ſanté.
En détail j'ai tout raconté;
Mais mon recit l'a beaucoup allarmée,
Me marquant auſſi-tôt grand déſir de vous voir.

SOPHILETTE.

En détail, dites-vous? je ſuis au déſeſpoir.
Elle ſçait donc ma maladie?

DORIS.

Si l'on ne la lui fait ſçavoir
Le moyen qu'elle y remedie!
Elle eſt le ſeul ſecours que vous puiſſiez avoir.

SOPHILETTE.

Ah! Doris, je prévoi ma priſon éternelle.
Un froid ſaiſiſſement vient me glacer le cœur.
Du Temple la ſecrete horreur
En cet inſtant s'y renouvelle.
Candide va d'ici m'y conduire avec elle,
Et m'y conduire pour jamais.
Je ne te verrai plus, malheureux Lhidimès!

DORIS.

Quoi! vous le regrettez encore?

SOPHILETTE.

Eh, fuis-je maitreffe de moi !
Malgre l'ennui qui me dévore,
Je fens fi-tôt que je le voi
D'agréables defirs éclore.
Ce que je veux, moi-même je l'ignore.
Je fouhaite à la fois & crains ma guérifon.
Ah ma chere Doris, j'ai perdu la raifon.

DORIS.

Il eft donc tems de vous la rendre.
Sçachez que Lhidimès n'eft point un Enchanteur;
Candide vient de nous apprendre,
Qu'il eft tout au contraire un tres fage Pafteur,
Qui craint les Dieux, aime l'honneur.
Elle doit même vous défendre
De le traiter avec trop de rigueur.
Si bien qu'à poffeder deformais votre cœur
Je le vois en droit de prétendre.

SOPHILETTE.

Lhidimès n'eft point Enchanteur?
Et je dois le traiter avec moins de rigueur?
Ah grands Dieux, que viens-je d'entendre !
Oui, rappellons pour lui toute mon amitié.
C'eft bien ce que je me propofe

DORIS.

Ce n'eft pas affez de moitié;
Il faut l'aimer d'amour, c'eft moi qui vous l'impofe.

SOPHILETTE.

D'amour ou d'amitié, n'eft-ce pas même chofe?

DORIS.

A votre âge peut-on confondre encor cela?
Quelle fimplicité! quelle extréme ignorance !
La là, vous en fçaurez bientôt la différence,
Lhidimès vous l'expliquera.

SO-

S O P H I L E T T E.

Révien, mon cher Berger, appaife ta colere.
　　Oublie à jamais le paffé.
Hélas! ofera-t-il retourner chez mon Pere?
　　Je l'ai tantôt trop offenfé,
　　Ce fouvenir me defefpere.
　　　　D O R I S.

Confolez-vous, je l'apperçoi.
Je dois vous quitter ce me femble,
Pour vous racommoder enfemble
Vous n'avez pas befoin de moi.

S C E N E XI.

SOPHILETTE (*honteufe.*) LHIDIMES (*timide.*)

　　　L H I D I M E S.

JE tremble, divine Bergere.
　　Puis-je encore approcher de vous?
　　　S O P H I L E T T E.
Oui, Lhidimès.
　　　L H I D I M E S.
　　　Je crains de vous déplaire.
　　　S O P H I L E T T E.
J'oublie aifément mon courroux.
　　　L H I D I M E S.
Vous m'avez fait la févere défenfe
De m'offrir jamais à vos yeux;
Me pardonneriez-vous ma defobéiffance?
　　　S O P H I L E T T E.
Oui Lhidimès.
　　　L H I D I M E S.
　　　J'en rends graces aux Dieux.
　　　　　　　　J'ai

J'ai pensé qu'y venir prouver mon innocence
N'étoit pas vous faire une offense.

SOPHILETTE.

Point du tout.

LHIDIMES.

         Après quoi j'abandonne ces lieux
Pour vous y délivrer d'un objet odieux.

SOPHILETTE.

Mais.... vous ne me l'êtes plus guere.

LHIDIMES.

Pourriez-vous m'y voir fans colere,
Et m'y fouffrir de loin adorer vos appas?

SOPHILETTE.

Mais.... déja je vous vois, & je ne vous fuis pas.

LHIDIMES.

Ah qu'entens-je! le Ciel me feroit-il propice?
Sophilette, parlez.

SOPHILETTE.

       Mais.... je n'ofe.

LHIDIMES

                Eh pourquoi?

SOPHILETTE.

Je vous ai fait une injuftice.

LHIDIMES.

Ah! divine Bergere, une injuftice? A moi?
Eh! fur quoi m'en pouvez-vous faire?
Suis je digne de vos attraits?

SOPHILETTE.

J'ai mérite votre colere,
Je m'en repens... j'en rougis.... & me tais.

LHIDIMES.

Ah! parlez, il y va du repos de ma vie,
De grace, expliquez moi cet heureux répentir.

                                  SO

SOPHILETTE.

Ce que depuis long-tems vous me faites sentir,
Je le croyois...

LHIDIME' S.

Eh quoi?

SOPHILETTE.

L'effet de la Magie.

LHIDIME' S.

Mais comment?

SOPHILETTE.

Puis-je mieux expliquer mon erreur?
Je vous croyois vous dis-je....

LHIDIME' S.

Hé bien.

SOPHILETTE.

Un Enchanteur.

LHIDIME' S.

Ah! que mon ame en est ravie,
Et que ce mot flatte mon cœur!
Mais encor, sur quoi, je vous prie,
Fondiez-vous ma Sorcellerie?

SOPHILETTE.

Sur ce que depuis qu'en ce bois
Je vous ai vû pour la prémiere fois
Mon ame est sans cesse agitée
De troubles, de chagrins & de soupçons jaloux,
Et que des maux dont elle est tourmentée
Je ne puis accuser que vous.

LHIDIME' S.

Reconnoissez enfin ma peine dans la votre,
Vous êtes enchantée, & vous en jugez bien.
C'est du même Magicien
Que nous sentons le pouvoir l'un & l'autre;
C'est l'Amour qui nous a charmez,
Je vous adore, & vous m'aimez.

S O.

SOPHILETTE.

Est-ce ainsi qu'on est quand on aime ?
Achevez de bannir mon ignorance extreme.
D'où vient qu'en aimant mes parens
J'ai des mouvemens différens ?
Et qu'eux memes dans leur tendresse
N'éprouvent jamais de tristesse ,
Et paroissent toujours tranquilles & contens.

LHIDIMES.

C'est que pour eux ce que ressent votre ame.
Ne passe point jusqu'a vos sens ;
Et que pour moi votre naissante flame
Inspire des desirs plus vifs & plus pressans.
C'est que de leur ardeur, qu'ils sçavent mutuelle ,
Ils s'entretiennent nuit & jour,
Et que par là sans cesse elle se renouvelle.
Voila ce que c'est que l'amour.
O , favorable Dieu ! je commence à connoitre
De quelle ame tu me rends maitre.
Un torrent de plaisirs vient d'inonder mon cœur ;
Cette heureuse & rare innocence
Est une juste récompense
De ma pure & sincere ardeur.
Puis je suffire à mon bonheur !

SOPHILETTE.

Dans cet instant mon esprit s'ouvre.
Je connois, & je sens ce que c'est que l'amour.
Jusqu'au fond de mon cœur il a porté le jour.
Que de plaisirs ! que de biens j'y découvre ;
Expliquons-nous ses effets tour à-tour.
Heureux moment ou je connois que j'aime !
Et ce qui met le comble a mon bonheur extrême,
Que je n'aime pas sans retour.

LHIDIMES.

Quoi, vous m'aimez enfin, ma chere Sophilette?

SOPHILETTE.

En doutez-vous encor, mon aimable Enchanteur?

LHIDIMES.

Dites-moi donc ce mot si doux & si flatteur.
Qu'un je vous aime, hélas! charmeroit ma tendresse!
Vous ne l'avez pas encor dit.
Pardonnez ce reproche à ma délicatesse.

SOPHILETTE.

Quand je vous ai fait le récit
De cette espece de délire,
De ce trouble du cœur qu'ignoroit mon esprit,
Trop neuf encor dans l'amoureux Empire,
N'étoit-ce pas assez le dire?

LHIDIMES.

Non, si vous ne le prononcez,
Ce mot, le seul garant de mon bonheur extrême,
Ce ne sera jamais assez.

SOPHILETTE.

Oui, je vous aime, je vous aime.
Ah! puissiez-vous m'aimer de même.
He bien? De mon amour êtes-vous plus certain?

LHIDIMES.

Souffrez donc, pour le Sceau d'une éternelle flame,
Que l'heureux Lhidimès sur votre belle main
Puisse épancher toute son ame.

SOPHILETTE.

Pour augmenter encor si je puis votre ardeur,
Je vous donne à la fois & ma main, & mon cœur.

SCE.

S C E N E X I I.

DORIS, SOPHILETTE, LHIDIME'S.

SOPHILETTE *(courant embraßer Doris.)*

AH! ma chere Doris, que mon ame eſt changée !
Je ne veux plus guérir de mon enchantement.

DORIS.

Je vous en fais mon compliment.
Mais apprenez, de plus, que vous etes vengée.

SOPHILETTE.

Qui, moi vangée? Ah Ciel ! de qui donc? Et comment ?

DORIS.

De la perſide Dorimene,
Qui vouloit aujourd'hui vous ravir votre Amant ;
Et qui vient de ſouffrir la peine
D'entendre ici ſecretement
Tout votre racommodement.

LHIDIME'S.

Comment le ſçavez-vous?

DORIS.

　　　　　Je viens de l'y ſurprendre
Vous écoutant, & vous allez entendre
L'effet qu'a produit dans ſon cœur
La fin d'un entretien ſi tendre.
Par cet heureux moment qui vous a réunis
Voyant tous ſes deſſeins avortez & punis ;
Amour, cruel amour, Dieu plein de barbarie,
(S'eſt-elle écriée en furie,)
De mon cœur j'arrache tes traits,
Et renonce à tes feux comme à la Bergerie.

Et

Et vous, Déesse des Forêts,
A mes pleurs soyez attendrie,
Guérissez-moi des maux que me fait Lhidimès;
Dans votre saint Temple à jamais
Je vais vous consacrer ma vie.
Et zeste. La voila partie.

S O P H I L E T T E.

Ah! j'ai pitié de sa douleur,
Et malgré cette perfidie,
Puisqu'elle s'en est repentie,
J'engagerai Candide à consoler son cœur.

D O R I S.

Votre famille satisfaite
De sçavoir de vos cœurs l'union si parfaite,
En vient ici serrer les nœuds.
Tout le hameau charmé comme elle
En apprenant l'agreable nouvelle
De votre enchantement heureux
Par des chansons & par des jeux
Pour vous & Lhidimès vient témoigner son zèle.

S C E N E X I I I.

Tous les Acteurs, hors Dorimene. Les parens de Sophilette, suivis de tous les habitans de son hameau font le divertissement.

S O P H I L E T T E *(chante seule les paroles suivantes.)*

DE'esse de la nuit, favorable aux Amans,
Hécate, qui régnez sur les enchantemens,
L'aimable Endimion vous enchanta vous-même.

D   Lhidi-

Lhidimès eſt-il moins charmant ?
C'eſt par vous que j'ai ſçu qu'il m'aimoit tendrement,
C'eſt vous qui voulez que je l'aime.

(*on danſe.*)

VAUDEVILLE.

UN BERGER.

L'Amour eſt des Enchanteurs
  Le plus rédoutable,
Le piége qu'il tend aux cœurs
  Eſt inévitable.
Du charme de deux beaux yeux
  La force infinie
A ſoumis juſques aux Dieux ;
  Tout cede à leur Magie.

UNE BERGERE.

Un Berger jeune & bienfait
  Amuſant & tendre ,
Au bonheur le plus parfait
  Peut un jour s'attendre.
L'Art du plus grand Enchanteur
  De la Theſſalie
Pour charmer un jeune cœur
  Ne vaut pas ſa Magie.

UN BERGER.

A la Ville pour charmer
  L'Art eſt néceſſaire.
Ici pour ſe faire aimer
  C'eſt aſſez de plaire.
Sans trop de rafinement,
  Quand on eſt jolie ,
Aimer bien fidelement ,
  C'eſt la bonne Magie.

UNE

UNE BERGERE.

Un trop langoureux Amant
 Ne me touche guere.
Ce n'eſt que par l'enjoûment
 Que l'on ſçait me plaire.
Le ton plaintif ou grondeur
 De la jalouſie,
Me fait preſque autant de peur
 Que la noire Magie.

UN BERGER.

On ſoupçonne nos Paſteurs
 De Sorcellerie;
Mais ils ne ſont Enchanteurs
 Qu'en galanterie:
Sçavoir ſaiſir le moment
 Où l'ame attendrie
Ne combat que foiblement,
 C'eſt toute leur Magie.

UNE BERGERE *prude.*

Il eſt pour charmer un cœur
 Plus d'un ſortilege,
Un fin dehors de pudeur
 Eſt ſouvent un piege.
Pouſſer de tendres ſoupirs
 Avec modeſtie,
Pour irriter les deſirs,
 C'eſt la fine Magie.

UNE BERGERE *coquette.*

Un air tendre & gracieux
 Enchante & deſarme.
Quelques doux ſignes des yeux,
 Redoublent le charme.

Avec

Avec cet air promettant
　　Qui flatte & convie,
Ne rien accorder pourtant,
　　C'eſt la ſûre Magie.

Dernier couplet.

Voici l'inſtant où l'Auteur
　　Attend ſa ſentence.
Il ſent palpiter ſon cœur,
　　Sa fiévre commence.
Plaire à quelques-uns de vous
　　Borne ſon envie;
Car vous ſatisfaire tous,
　　Le peut-on ſans Magie?

F I N　D E　L A　P I E C E.

Voici comme je l'avois finie en prémier lieu,
avec la Scene de la Tante, que l'on a rétran-
chée toute entiere. Après ces quatre vers de
la neuvieme Scene, commençoit la Scene de
la Tante:

D O R I S *(à Sophilette.)*

Confolez-vous, je vois votre fage Prètreffe
    Qui vient ici vous fecourir,
Et votre mal n'eft pas de fi maligne efpece
    Qu'elle ne puiffe le guérir.

SCENE DIXIE'ME.

CANDIDE, SOPHILETTE, DORIS.

C A N D I D E.

Venez, embraffez-moi, ma chere Sophilette.
S O P H I L E T T E.
Que je fens de plaifir, ma Tante, à vous revoir!
Vous voila, grace aux Dieux, d'une fanté parfaite.
C A N D I D E.
    Ma Niéce, je vous la fouhaite;
Vous en avez befoin, je viens de le fçavoir.
    L'aimable Doris elle-mème
Sur votre enchantement m'a déja tout appris,
Dont mon efprit d'abord eft refté tres furpris,
    J'en fens une douleur extrème.

SOPHI-

SOPHILETTE.

Ah Ciel! votre douleur augmente mon effroi,
Ma chere Tante ayez pitié de moi.
Ma guérison vous eft facile ;
Vos bontez autrefois ont confervé mes jours
En me tirant des piéges d'Hermiphile,
Ne me refufez pas aujourd'hui du fecours.

CANDIDE.

Il faut donc que d'abord votre bouche m'expofe
Comment vous a pris votre mal.
Doris pourroit avoir oublié quelque chofe,
Et peut-ètre le principal.
Où le fentez-vous? dans la tète?

SOPHILETTE.

Non, ma Tante, c'eft dans le cœur.
J'y fens une douce chaleur,
Un battement fort vif, qui jamais ne s'arrète
Tant que je fuis devant mon Enchanteur.
Pendant fon abfence, à toute heure
Je fuis mal contente de moi.
Je réve, je foupire, & quelquefois je pleure,
Et ne puis deviner pourquoi.

CANDIDE.

C'eft Ihidimès, dit-on, qui vous enchante?
Hé bien, il faut deformais l'éviter.
Venez vivre avec votre Tante.
Dans le Temple il n'eft rien pour vous à redouter.
Vous vouliez autrefois y paffer votre vie,
Votre inclination fembloit vous y porter.

SOPHILETTE.

Hélas! que ne l'ai-je fuivie!
Jugez de quelle force il a pû m'enchanter,
Par lui j'en ai perdu l'envie.

Votre

Votre Temple à préſent eſt pour moi ſans appas.
J'y courois, il m'a fait revenir ſur mes pas.

CANDIDE.

Ho ho! l'enchantement eſt d'une force extrême,
Et mon Taliſman ſeul pourra vous ſecourir.
Faites le lui toucher, il le fera mourir.

SOPHILETTE.

Ah! j'aime mieux cent fois ne plus vivre moi-même.
Non, je n'ai pas le cœur de le faire périr.
Mais Diane à vos vœux toujours ſi favorable
Ne voudroit-elle point plutôt le convertir?
　　L'inſpirer? Lui faire ſentir,
　　En quittant ſon Art déteſtable,
　　Combien il deviendroit aimable?
Ah! pour peu qu'à ſes yeux eut paru Lhidimès
　　Elle exauceroit vos ſouhaits.

CANDIDE.

N'auroit-il point trouvé le ſecret de vous plaire?

SOPHILETTE.

Il eſt vrai qu'autrefois je l'aimois comme un Frere;
Mais à préſent, ma Tante, ah! combien je le hais!

CANDIDE.

　　Vous ne le haïrez plus guere.
Vous allez de Diane éprouver les bienfaits.
Ecoutez ce qu'ici m'inſpire la Déeſſe.
Elle a vû Lhidimès, vos vœux ſont exaucez.
　　Par la bouche de ſa Prêtreſſe,
Apprenez qu'il n'eſt pas tel que vous le penſez.
　　Ceſſez déſormais de le craindre.
　　Il ne fut jamais Enchanteur.
　　Il craint les Dieux, aime l'honneur;
　　On n'a vû perſonne s'en plaindre,
Traitez-le déſormais avec plus de douceur.

D 4

Il honore la Bergerie.
Je vais fur votre mal confulter vos Parens.
Qui de fa probité vous feront les garans.
Adieu. Reftez ici, vous y ferez guérie.

SCENE ONZIE'ME.

SOPHILETTE, DORIS.

SOPHILETTE.

L Hidimès n'eft point Enchanteur?
Et je dois le traiter avec plus de douceur?
Ah! Doris, que c'eft bien ce que je me propofe!
Oui, rappellons pour lui toute notre amitié.

DORIS.

Ce n'eft pas affez de moitié,
Il faut l'aimer d'amour, c'eft moi qui vous l'impofe.

SOPHILETTE.

D'amour ou d'amitié, n'eft-ce pas même chofe?

DORIS.

A votre âge peut-on confondre encor cela?
Quelle fimplicité! Quelle extrème ignorance!
Là là, vous en fçaurez bientôt la différence,
Lhidimes vous l'expliquera.

SOPHILETTE.

Revien, mon cher Berger, appaife ta colere.
Oublie à jamais le paffé.
Hélas! ofera-t il retourner chez mon Pere?
Je l'ai tantôt trop offenfé,
Ce fouvenir me défefpere.

DORIS.

Confolez-vous, je l'apperçoi.

Je dois vous quitter ce me semble.
Pour vous racommoder enfemble
Vous n'avez pas befoin de moi.

SOPHILETTE.

Il revient à grands pas ; il eft fâché ; je tremble.

DORIS.

Si vous en avez encor peur,
Cachez-vous , écoutez ce qu'il a dans le cœur.

SCENE DOUZIE'ME.

LHIDIME'S (feul d'abord.) SOPHILETTE (à part.)

LHIDIME'S.

L'Infupportable Dorimene.
M'a fait faire une courfe vaine,
Je m'en fuis d'abord défié.
J'aurois trouvé fans doute en ces lieux Sophilette,
Je me ferois juftifié.
Ah ! malheureux ! quelle faute ai-je faite !
Fini la rigueur de mon fort ,
Amour, fai-moi trouver ma Bergere ou la mort.
D'un doux preffentiment je me fens l'ame émûë.
L'amour plus favorable entendroit-il ma voix ?
Sophilette s'offre à ma vûë !
Ah ! Dieu charmant , je te la dois.

*Ici eft la Scene de leur racommodement , à la fin
duquel Dorimene arrive & les écoute quelque
tems en fecret, & finit par une imprécation
qui met bien du jeu dans la Scene.*

D 5   SCE-

SCENE TREIZIE'ME.

DORIMENE, SOPHILETTE, LHIDIME'S.

SOPHILETTE *(courant embraſſer Dorimene.)*

QUe tu viens à propos, ma chere Dorimene.
　　Sois témoin du bonheur de deux parfaits Amans.
　　　(Dorimene la repouſſe.)
Pourquoi te dérober à mes embraſſemens?

DORIMENE *(en fureur.)*

Evite mon courroux, digne objet de ma haine.
　　Et toi, qui me devois ton cœur
　　Tremble, cruel, crain ma juſte fureur.
　　Berger ſans goût qui me préferes
　　La plus ſotte de nos Bergeres.
As-tu cru m'offenſer, barbare, impunément?
　　Après un ſi ſanglant outrage,
Livrons oute mon ame aux tranſports de la rage.
Perfide, je ſçaurai me venger pleinement.
Oui, je vais dans ton cœur éteindre ta tendreſſe.
　　Des eſprits y troubler le cours.
Et d'un Art tout-puiſſant empruntant le ſecours,
Oppoſer un obſtacle à l'ardeur qui te preſſe.
　　Empoiſonner en ſecret tes amours.
Enfin, pour mieux troubler le repos de tes jours,
Du mépris de mes feux ardente vengereſſe,
Par Hécate! je vais me faire Enchantereſſe.

S C E-

SCENE QUATORZIE'ME.

SOPHILETTE, LHIDIME'S.

LHIDIME'S.

NE vous allarmez point de son emportement
Le Talisman de la sage Candide
La fait trembler en ce moment.
SOPHILETTE.
Ho, j'ai cessé d'être timide,
Le courage augmente en aimant,
Et l'on se sent bien forte auprès de son Amant.
Je l'apperçoi, ma sage Tante.
Elle m'avoit promis ici ma guérison ;
Mais jamais de mon mal je ne fus si contente,
Elle y viendroit hors de saison.

SCENE DERNIERE.

CANDIDE, SOPHILETTE, LHIDIME'S, DORIS. *Les Parens de Sophilette & les habitans de son hameau.*

CANDIDE.

CRaignez moins votre maladie,
Ma Niéce, vos Parens viennent vous secourir.

S O P H I L E T T E.

Ma Tante, je les remercie,
Car bien loin d'en vouloir guérir
Je veux la conſerver le reſte de ma vie.

C A N D I D E.

Vous ferez bien, j'en ſuis ravie,
De pareils Enchanteurs ne font jamais mourir.
Notre famille ſatisfaite, &c.

(Le reſte comme ci-devant.)

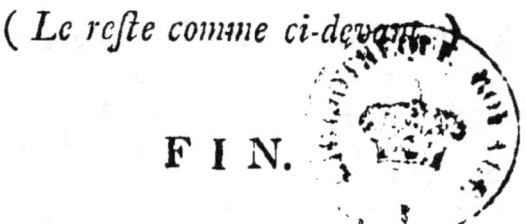

F I N.